Inhalt

Die Grüne Dame 8

Ein gefallener Riese 10

Die magische Eichelnuss 19

Ein echtes Eishörnchen! 25

Sechs Superhörnchen 29

Bissige Biester 39

Auf zur Biberburg 51

Schafduft liegt in der Luft 66

Der Katzenpark 79

S wie Superhörnchen 87

Fliegende Beweise 100

Die Baumpflanzer 106

Die Grüne Dame

Im Herzen von Animopolis, einer Stadt, in der Haustiere und Wildtiere in Freundschaft zusammenleben, steht die Grüne Dame, ein uralter, prächtiger Eichenbaum. Die Grüne Dame hat schon ihre Wurzeln in den Erdboden geschlagen, als weit und breit noch keine Hundehütte, kein Vogelhaus und kein Wolkenkratzer zu sehen waren.

Einst, vor langer, langer Zeit, wurde die Grüne Dame von einem Eichhörnchen gepflanzt. Eichhörnchen sind nämlich wahre Baumpflanzer. Wenn sie ihre versteckten Vorräte in der Erde vergessen, kann daraus Großes erwachsen. Und die Bäume wiederum beschützen die Eichhörnchen, weil sie ihnen Schatten, Luft und Nahrung schenken.

Ein ewiger Kreislauf. Da beißt sich das Eichhörnchen in den Schwanz, wie die Eichhörnchen zu sagen pflegen.

Die Grüne Dame hat schon Generationen von Eichhörnchen ein Zuhause geschenkt. Auch heute noch wohnt eins hoch oben in ihrer Baumkrone. In einem kugelrunden Kobel. Und dieses Eichhörnchen heißt Vanillo und ist ein ganz und gar fantastisches Geschöpf.

Weiß wie Schnee, süß wie Sahneeis und einzigartig wie jedes Blatt, jedes Lebewesen und jeder Himmelsstern im großen, weiten Universum.

Ein gefallener Riese

»Cool! Gleich ist Eiszeit!« Aufgeregt hüpft Vanillo in der Eisdiele zwischen den Zutaten hin und her. Die ganze Nacht hat er gearbeitet, und jeden Moment ist die riesige Eismaschine mit dem Rühren fertig. Eigentlich müsste Vanillo jetzt schlafen. Denn Eichhörnchen sind tagaktive Tiere und schlafen nachts. Doch Vanillo hat sich angewöhnt, die Nacht zum Tag und den Tag zur Nacht zu machen. So knackt er gleich zwei Nüsse mit einem Biss, wie die Eichhörnchen sagen. Nachts hat er nämlich seine Ruhe vor dem fiesen Red und den Roten Pfoten, einer Bande roter Eichhörnchen. Die ärgern Vanillo bei jeder Gelegenheit wegen seiner sonderbaren weißen Fellfarbe. Und außerdem kann Vanillo nachts in der geschlossenen Eisdiele im Geheimen seiner

größten Leidenschaft nachgehen – himmlische Eissorten erfinden.

PING! Fertig! Vanillo tunkt einen Eislöffel in die Rührschüssel und kostet seine neueste Mischung: Haselnuss-Holunder. »Mhm, köstlich ernährt sich das Eichhörnchen«, keckert er. »Aber da fehlt noch das Sahnehäubchen!«

Vanillo setzt sich ein Waffelhörnchen wie einen Bäckerhut auf den Kopf, weil er so besser erfinden kann, und klatscht in die Pfoten: »Cool! Ich hab's! Kastanienstreusel!«

Fröhlich pfeifend stellt er sich einen feinen Frühstücksbecher Eis zusammen, da spitzt er seine Pinselöhrchen. Was ist das für ein seltsames Geräusch da draußen?

Vanillo lugt aus dem Fenster und sieht im Morgengrauen einen großen goldenen Geländewagen über den Kiesweg rollen. »Hey! Was soll das? Autos sind im Park verboten!«, schimpft er. Vanillo wundert sich, als der Wagen langsam die Grüne Dame umrundet. Er presst seine Nase gegen die Fensterscheibe. Nanu? Was ist denn da für ein zackiges Ding vorne auf der Motorhaube? Als er zwei grüne Raubtieraugen aus dem Wagen blitzen sieht, hört er plötzlich ein knatterndes, grauenhaftes Geräusch. Motorsägen! Vanillo schlägt die Pfoten über dem Kopf zusammen. »Ach, du dicke Nuss!«

Mit pochendem Herzen flitzt er durch seinen Geheimgang, einen Luftschacht, nach draußen aufs Dach. Da sieht er in der Ferne die alte

Kastanie schwanken. Vögel, Käfer, Falter und andere Parktiere schrecken wie eine dunkle Wolke von dem Baum hoch und bringen sich in Sicherheit. Vanillo springt auf die Grüne Dame. Dann hopst er weiter auf eine Rotbuche und hinein in einen Holunderbusch. Kurz entschlossen nimmt er die Abkürzung über die Seerosenblätter und hüpft mitten im Parkteich auf einen Schwanenrücken, um schneller ans Ufer zu gelangen.

»Hey, ich bin doch kein Tretboot«, empört sich der Schwan.

»Sorry! Ist ein Notfall!«, keckert Vanillo und saust wie eine Rakete durchs taufeuchte Gras.

»Achtung! Aus dem Weg!«, hört er ein kräftiges Kaltblutpferd mit Schutzhelm und Warnweste wiehern. »Baum fällt!« Dann knarzt und rauscht es.

»Meine Eier sind doch noch im Baum!«, ruft eine Amseldame verzweifelt.

Vanillo überlegt nicht lange. Er springt in die schwankende Kastanie und flitzt zum Amselnest. Schnell klemmt er sich zwei Eier unter die Arme. Nur das dritte bekommt er nicht zu fassen. Oh nein! Schon fliegt es im hohen Bogen aus dem Nest. Mit seinen eisblauen Augen verfolgt Vanillo die Flugbahn. Blitzschnell zieht er sich mit einer Hinterpfote das Waffelhörnchen vom Kopf und hüpft auf einem Bein unter das fliegende Ei.

»Hurra! Hab dich!«, keckert Vanillo, und das Ei fällt wie eine Kugel Eis hinein.

»Danke! Du bist mein Retter«, zwitschert die Amseldame überglücklich, als Vanillo die Eier behutsam vor ihr ins Moos legt. Vanillo sieht zu den Holzfällern.

»Spinnen die?«, ruft er. Die Holzfäller setzen sich tatsächlich auf den Baumstumpf und packen in aller Ruhe ihr Frühstück aus. Wütend baut Vanillo sich vor ihnen auf. »Warum habt ihr das getan?«

»Amtliche Anordnung«, schnaubt das Pferd. »Sondergenehmigung. Von der Bürgermeisterin.«

»Eine Notfällung sozusagen«, bellt die Bulldogge.

»Gefahr im Verzug«, quiekt das Meerschweinchen.

Dann wünschen sich die drei Holzfäller »Mahlzeit!« und machen sich über ihr Frühstück her, als wäre überhaupt nichts Furchtbares geschehen. Vanillo versteht die Welt nicht mehr. Wie bitte? Gefahr im Verzug?

Andächtig versammeln sich die Parktiere um die Kastanie, die wie ein hölzerner Riese im Gras liegt.

»Die gute alte Kastanie war unser Zuhause. Und jetzt …«, schluchzt ein Buntspecht und wischt sich eine Träne vom Schnabel. »Jetzt ist sie gefallen. Wo sollen wir denn nun hin?«

Da hat Vanillo eine Idee. Er hebt das Amselnest aus der Astgabel, legt die Eier hinein und zieht das Nest wie einen Schlitten vorsichtig hinter sich her.

»Kommt mit, Leute!«, ruft er. Die Tiere folgen ihm bis zur anderen Seite des Parks. Dort stehen an einer hübschen Stelle zwei halbwüchsige Kastanien so nah nebeneinander, als wollten sie sich gegenseitig mit ihren Zweigen kitzeln.

In Windeseile huscht Vanillo über alle Äste. »Hier ist noch genug Platz für euch alle!«, ruft er.

Die Tiere blicken hoch zu den Bäumen, und Vanillo sieht Hoffnung in ihren Augen schimmern.

Da springt plötzlich jemand dicht

hinter Vanillo und bringt den Ast zum Wackeln. Vanillos Tasthaare kribbeln. Es läuft ihm kalt den Rücken hinunter. Das kann nur einer sein. Red.

»Nichts da!«, faucht Red. »Ihr könnt hier nicht einziehen. Ihr könnt euch verziehen! Aber schnell! Kapiert?«

»Aber«, protestiert Vanillo kleinlaut. »Du wohnst doch dahinten auf der piksigen Tanne.«

»Na und?«, sagt Red. »Nachbarn sind wie Flöhe. Am besten, man hat keine! Außerdem ... Vielleicht will ich mir hier ja einen Ferien-Kobel bauen? Oder noch besser ...« Red macht ein paar Klimmzüge am Ast. »Ich mache die Kastanien zu meinen persönlichen Fitnessbäumen!«

»Die Bäume gehören dir aber nicht!«, keckert Vanillo und staunt selbst über seinen Mut. »Du bist hier nicht der Boss!«

»Das werden wir ja noch sehen«, zischt Red und pfeift durch seine Zahnlücke. Schon springen seine Kumpels Knacki, Flips, Nugat und Magnuss herbei. Alle tragen lila Sporttrikots. Genau wie Red, der die Nummer eins hat und sich natürlich auch so fühlt. Die Roten Pfoten sind nämlich nicht nur verdammt fies, sie sind auch verdammt gute Nussball-Spieler. Nussball ist eine beliebte Mannschaftssportart. Die Eichhörnchen erzielen Tore, wenn sie Nüsse in Baumlöcher werfen oder kicken. Natürlich ohne den Boden zu berühren. Bei Torkönig Red ist fast jeder Wurf ein Treffer. Grinsend pflückt er eine stachlige grüne Kastanienkugel vom Baum. Vanillo ahnt schon, was jetzt passiert …

Die magische Eichelnuss

»Achtung, Vanillo!«, hört er noch die Amsel zwitschern. Dann macht es ZWUSCH!. Vanillo duckt sich, als die Stachelkugel an ihm vorbeisaust und seine schneeweißen Pinselhaare am linken Öhrchen streift.

»Wir kriegen dich, du Milchgesicht! Und dann machen wir Weißwürstchen aus dir!«, kreischt Red.

Vanillo springt vom Baumwipfel auf eine schwankende Birke. Atemlos hetzt er über eine Parkbank, hopst vom Mülleimer in den Fliederbusch.

»Lauf, Kleiner! Lauf!«, feuern ihn die Spatzen an.

Vanillo springt auf die Grüne Dame. Er saust über den dicken Eichenstamm und quetscht sich durch ein kleines Baumloch in eine dunkle Baumhöhle.

»Puh! Geschafft!«, schnauft er und hört sein Herzchen pochen.

»Vanillo-Popillo! Weißt du, was, Milchgesicht? Du hast echt eine tierisch miese Tarnung!«, hört er Red rufen, der Vanillos schneeweißen Schweif aus dem Baumloch ragen sieht.

»Blödes Fell!«, schimpft Vanillo. »Kann ich nicht braun sein oder rot oder meinetwegen auch grasgrün?« Vanillo kann sein Fell, das ihn immer und überall verrät, überhaupt nicht leiden. Und gerade als er darüber nachgrübelt, warum ausgerechnet er so uncool und so anders sein muss, passiert etwas Unglaubliches.

Vanillo hört auf einmal ein zauberhaftes Blätterrauschen. Die Baumhöhle erstrahlt in einem eisblauen, magischen Licht. Vanillo sieht glitzernde Eiskristalle um sich herum wie funkelnde Sterne in der Luft schweben. Und

plötzlich strömt ein wunderbar nussiger Duft in seine Nase. Vor ihm schwebt eine große eisblaue Eichelnuss. Die duftet so herrlich, dass Vanillo sie einfach verputzen muss. »Mhm! Himmlisch!« So etwas Köstliches hat er noch nie gegessen. Da sieht er durch das Baumloch Red und die Roten Pfoten auf ihn zuflitzen. Aufwachen! Jetzt ist keine Zeit zu träumen, jetzt ist Zeit zu rennen – aber zackig!

Vanillo schießt aus seinem Versteck. In Spiralen flitzt er hoch und höher über den uralten Eichenstamm.

»Achtung! Jetzt gibt's was auf die Nuss!«, hört Vanillo Red noch rufen. Dann trifft ihn eine Walnussschale am Hinterkopf. Vanillo wird schwummerig. Wo bin ich?, denkt er taumelnd und fällt kopfüber vom Baum. HiiiLFE!

Jetzt könnte er die doofe Walnussschale, die ihn getroffen hat, echt gut gebrauchen – und zwar als Helm. Die Steine auf dem Schotterweg kommen ihm schon so groß wie Felsbrocken vor. Doch da spürt Vanillo, wie sein Fell elektrisiert. Eine ungeheure Kraft durchflutet ihn vom buschigen Schweif über alle vier Pfötchen bis in die Pinselohren. Silberne Eisblitze schießen aus seinen Pfötchen und formen ein glitzerndes Kraftfeld, das sich schützend um ihn legt. Schwerelos wie ein Weltraumastronaut schwebt Vanillo in der Luft. Red und die Roten Pfoten können nicht glauben, was sie da sehen.

»Haha! Die Roten Pfoten, die roten Idioten!«, lacht Vanillo.

Genau jetzt, kurz bevor Vanillo sanft wie eine Schneeflocke auf dem Boden landet, fasst er einen Entschluss: Weglaufen ist nicht mehr! Zeit, sich zu wehren!

Mit einem Turbosprung hüpft Vanillo auf die Astgabel – direkt vor Reds rotes Gesicht. Red wackelt angriffslustig mit seinem Schweif, doch Vanillo sagt so cool wie noch nie: »He, Tomatengesicht, ich weiß nicht, ob du es schon mitbekommen hast, aber du hast da was zwischen den Zähnen!«

»Was?!«, kreischt Red völlig verdutzt.

»Du hast ein Haselnussstückchen in deiner

Zahnlücke hängen und das sieht ganz schön unappetitlich aus.«

Red kocht vor Wut. »Los! Umzingelt ihn!«, befiehlt er den Roten Pfoten.

Vanillo schaut in fünf zornblitzende Augenpaare und grinst. »Ihr seht aber hungrig aus! Lust auf ein paar Eiskugeln?« Schon wölbt er seine Vorderpfoten. Und plötzlich jongliert er eins, zwei, drei, vier, fünf Eiskugeln zwischen seinen weißen Pfötchen.

»Für jeden eine!«, ruft er und wirft sie den Roten Pfoten auf die Nasen.

»Na, wer ist jetzt das Milchgesicht?«, fragt Vanillo, als er in fünf weiße Eiskugelgesichter mit Pinselohren blickt. »Nachschub gefällig?«

»Nichts wie weg hier, Leute!«, kreischt Red. Die Bande flitzt über die Bäume, während Vanillo mit seinen magischen Pfoten neue Eiskugeln formt und sie den Roten Idioten mit Karacho hinterherwirft.

Ein echtes Eishörnchen!

»Wie cool! Ich bin ein Eishörnchen! Ich habe SUPERKRÄFTE!«, jubelt Vanillo. Da sieht er plötzlich die Parktiere, die sich unter dem Baum versammelt haben. Mit offenen Schnäbeln und Mündern starren sie Vanillo an, als wäre er ein Außerirdischer.

Vanillo wird ganz rot um die Nase und lächelt verlegen. Wie er es hasst, im Mittelpunkt zu stehen!

Auf einmal hört er ein mächtiges Knurren. Das ist so laut, dass sich die Tiere erschrocken die Ohren zuhalten. Schnell dreht sich Vanillo um. Es knurrt schon wieder. Und jetzt begreift Vanillo auch, woher dieses Monsterknurren kommt – aus seinem eigenen Bauch. Er hat Hunger wie noch nie. Wenn er jetzt nicht sofort eine Eisbärportion Eis verdrückt, fällt

er bestimmt vom Ast. Mit letzter Kraft springt Vanillo auf das Dach der Eisdiele, rutscht durch seinen Geheimgang und plumpst auf die Eistheke.

Als Vanillo alle Eisbehälter blitzblank geschleckt und die letzte Eiswaffel geknuspert hat, fühlt er sich wieder voller Energie.

»Unglaublich! Ich habe echte Superkräfte!«, jubelt Vanillo und staunt, was er alles kann.

Er lässt Eiszapfen am Deckenventilator wachsen. Er saust mit einer kleinen Gondel wie mit einem Rennbob von der Eistheke. Er gleitet mit einem Eisschirmchen in der Pfote wie ein Eiskunstläufer über die eisglatten Bodenfliesen. Wie Puderzucker lässt Vanillo Schnee von der Decke rieseln, als er in der Ferne die Rathausuhr läuten hört.

»Ach, du dicke Nuss!«, ruft er. »Es ist ja schon neun Uhr!« Bald kommen Muhna und Kuhnigunde, zwei Milchkuhdamen, und schließen ihre Eisdiele auf.

Vanillo kneift sich ins eigene Fell, denn er glaubt nicht, was er da sieht. Oh nein! Das Eiscafé sieht aus wie ein Iglu! Der Boden, die Eistheke, Tische, Türen, Eisbecher, die Espressomaschine – alles ist vereist. Am Deckenventilator hängen Eiszapfen, und auf den bunten Eisschirmchen glitzert eine Frostschicht.

»Heiliger Nussknacker!«, stammelt Vanillo und sieht fassungslos auf seine Vorderpfoten, die noch von Eisstaub glitzern. »Du bist ja ein toller Superheld, ein echtes Superhirn!«, schimpft er mit sich selbst. »Wie soll ich das Eis denn jetzt so schnell zum Schmelzen bringen?«

Aufgeregt schlittert Vanillo über die Fliesen und hängt sich an den Heizungsregler. »Na los! Beweg dich schon! Du doofes Ding«, ächzt er. Doch keine Chance – die Heizung ist eingefroren. Vanillo springt auf die Fensterbank und haucht seinen warmen Atem gegen das kalte Glas. Aber die Fensterscheiben sind von einer solch dicken Eisschicht bedeckt, dass Vanillo draußen nichts erkennen kann.

»So ein Mist! Das ist überhaupt nicht cool«, jammert er. Was werden Muhna und Kuhnigunde nur für Gesichter machen, wenn sie gleich sehen, dass sich ihre Eisdiele in eine riesige Kühltruhe verwandelt hat. Und noch schlimmer: Wenn sie Vanillo hier entdecken, ist es mit seinen geheimen Eis-Erfindungen vorbei!

Verzweifelt schlägt er die Pfoten über dem Kopf zusammen. »Was soll ich denn jetzt machen?« Vanillo legt seine Vorderpfötchen wie einen Trichter an den Mund und keckert auf einer Frequenz, auf der er noch nie gekeckert hat:

»HiiiLFE!«

Und dann geschieht plötzlich alles rasend schnell …

Sechs Superhörnchen

Ein kleiner Feuerball saust auf die Eisdiele zu. Er bahnt sich einen Weg durch das schmelzende Eis und fliegt durch den Kamin. Wie ein flammender Wedel flitzt er in der Eisdiele herum und bringt das Eis dampfend zum Schmelzen. Vanillo vergräbt sich bibbernd im Zuckerstreusel-Glas. Mitten im Feuerball meint er, ein rotes Eichhörnchen mit schicker Sonnenbrille zu erkennen. Da wackelt der Boden, dass die Gläser in den Regalen klirren.

»Ein Erdbeben«, stammelt Vanillo. Plötzlich hebt sich mitten in der Eisdiele eine Bodenfliese, unter der ein Erdhörnchen herauskrabbelt. Dann poltert ein Flughörnchen wie ein Bruchpilot aus der Dunstabzugshaube und wischt sich den Ruß von der Fliegermütze. Schon macht es PENG!, und ein klitzekleines

Nashörnchen galoppiert durch die Wand und rammt ein paar Tischbeine. Als sich das Nashörnchen auf die Hinterbeine stellt, nimmt es plötzlich die Gestalt eines Grauhörnchens an.

»Ich glaub, ich träume«, wispert Vanillo.

Da klopft es, und ein lila-graues Streifenhörnchen springt mit einem wehenden Ringelschal durch den Briefschlitz. Wie auf Kommando hüpfen die seltsamen Hörnchen gemeinsam auf einen Bistrotisch.

»Hat hier jemand um Hilfe gerufen?«, keckern sie im Chor.

Vanillo räuspert sich und streicht sich schnell die bunten Streusel aus dem weißen Fell. »Das … das war ich!«

Er springt zu den anderen auf den Tisch und blickt in die freundlichen Gesichter der fünf Hörnchen, die zur Begrüßung mit ihren Pfötchen winken. »Cool! Ihr seid ja wie ich!«, jubelt er und spürt, dass hier und jetzt,

auf dem Planeten Erde, mitten in Animopolis, im Eiscafé Süß & Frostig, gerade etwas Superungewöhnliches passiert. Vanillo fühlt, wie sein Fell elektrisiert, und hat schon eine Ahnung, wer da vor ihm steht: echte Superfreunde!

»Äh, hallo, Leute! Ich bin Vanillo!«, stellt er sich schüchtern vor. »Möchtet ihr vielleicht ein Eis?«

Da entdeckt Vanillo die leer geschleckten Eisbehälter. »Mist! Ich habe wohl schon alles aufgefuttert!«

»Keine Sorge«, sagt das rote Eichhörnchen. »Ich war auch total verstrahlt, als ich meine Superkräfte entdeckt habe. Aber jetzt bin ich Feuer und Flamme.«

Das Grauhörnchen lacht. »Ich musste anfangs mit dem Kopf durch jede Wand. Ich bin Grinozeros Grauhörnchen, du kannst mich aber Grino nennen. Und das sind Feura, Ringel, Geo und Hui.«

HUI
RING
GRINO
VANILLO

FEURA
GEO

Da hat Vanillo eine Idee. Er kann doch neues Eis machen! Und seine Superkräfte werden die Eisherstellung bestimmt verkürzen. Ratzfatz mischt Vanillo die Zutaten. Dann lässt er Eiskristalle aus seinen Pfoten in die Schüssel strömen, bis das Eis so cremig ist wie noch nie.

»Köstlich Leute, das müsst ihr probieren!«, juchzt Geo und nimmt noch einen Löffel. »Mit Erdbeerstückchen! So ein superleckeres Fruchteis habe ich noch nie gegessen. Was ist das für eine Sorte?«

»Weiß nicht«, sagt Vanillo. »Ich muss ihr noch einen Namen geben. Die habe ich gerade erst erfunden.«

»Wow«, sagt Ringel. »Du hast nicht nur Superkräfte, du hast auch Supertalente! Ein echter Erfinder bist du!«

»Na ja«, antwortet Vanillo verlegen. »Schätze, Eis ist irgendwie mein Ding.«

»Bist eben ein echtes Eishörnchen«, sagt Feura und setzt Vanillo scherzhaft ein Waffelhörnchen auf den Kopf. Die sechs Hörnchen prusten vor Lachen. So viel Spaß hatte Vanillo schon lange nicht mehr.

»Aber du hast bestimmt nicht um Hilfe gerufen, weil du einen Namen für deine neue Eissorte brauchst, oder?«, fragt Grino. Vanillo schüttelt den Kopf. Aufgeregt erzählt er den Hörnchen, was heute an diesem merkwürdigen Morgen alles geschehen ist.

»Donnerwetter! Einen alten Baum fällen, das stinkt zum Himmel!«, knurrt Grino und hält seine Supernase in die Luft. »Und die Gefahr ist noch nicht vorüber. Das sagt mir meine Supernase! Und die hat mich noch nie getäuscht!«

»Du meinst, es sind noch mehr Bäume in Gefahr?«, fragt Vanillo und wird ganz blass um die Nase. »Auch die Grüne Dame?«

Grino nickt.

»Keine Sorge, Vanillo! Wir werden die Bäume beschützen. Aber erst mal machen wir klar Schiff!«, sagt Hui. »Hier sieht es ja aus, als wäre eine Eisbombe eingeschlagen. Los, Leute, packt mit an!«

Drei Minuten und dreizehn Sekunden später pustet sich Vanillo erleichtert eine Haarsträhne aus dem Gesicht.

»Danke, Leute, ihr seid einfach super!«

Die Eisdiele glänzt wie noch nie. Alle Eisbehälter sind mit köstlich cremigem Eis gefüllt. Die Superhörnchen haben Vanillo in einem Supertempo beim Aufräumen geholfen. Flughörnchen Hui, der zwar selbst nicht fliegen, aber dafür Dinge zum Fliegen bringen kann, hat sogar einen Wischmopp durch die Eisdiele gejagt.

Da hört Vanillo aus der Ferne die Stimmen der beiden Kuhdamen.

»Muhna und Kuhnigunde! Sie sind gleich hier! Jetzt aber nichts wie weg«, ruft er. Schon hebt Geo die Bodenfliese an, und die sechs Superhörnchen huschen durch den Erdtunnel in Geos Erdhöhle.

Bissige Biester

»Ach, du heilige Haselnuss!« Staunend sieht Vanillo sich in einem unterirdischen Saal um, der die Form einer riesigen, hohlen Haselnuss hat. An den Lehmwänden hängen Erdkarten. In Regalen stehen Gesteinsproben und Fossilien. Und inmitten des Saals dreht sich etwas Leuchtendes – ein Globus mit unzähligen Fähnchen drauf.

»Wow, da bist du überall schon gewesen?«, fragt Vanillo. Geo nickt.

»Geo kann sich in Lichtgeschwindigkeit in alle Erdteile buddeln«, erklärt Grino.

Da klatscht Ringel in die Pfoten. »**HUSCH!**, husch, Leute, Lagebesprechung!«

Die Hörnchen kommen in einem Kreis zusammen.

»Vanillo, die Kastanie war schon ziemlich alt, oder?«, fragt Ringel.

»Uralt!«, antwortet Vanillo. »Die Grüne Dame, auf der ich wohne, die ist noch viel älter. Sie ist der älteste Baum in Animopolis. Aber die Kastanie muss bestimmt auch 250 Jahre alt gewesen sein. Mindestens!«

»Dann war sie ein Naturdenkmal. Und Naturdenkmäler stehen unter besonderem Schutz. Sie dürfen nur mit Sondergenehmigung gefällt werden.«

Vanillo staunt, was Ringel alles weiß. »So was haben die Holzfäller auch gesagt.«

»Dann sollten wir uns diese sonderbare Sondergenehmigung mal genauer anschauen«, sagt Ringel.

»Und wo finden wir die?«, fragt Vanillo.

»Na, im Rathaus«, sagt Ringel. »Wo denn sonst?«

»Auf die Pfoten, fertig, los!«, ruft Geo und flitzt voran.

Links, rechts, links, geradeaus. Sie huschen durch verzweigte Erdtunnel, die Geo unter ganz Animopolis angelegt hat. Feuras Augen leuchten wie Superscheinwerfer und erhellen den Weg. Plötzlich geht es aufwärts. Die Hörnchen kriechen aus einem Erdloch ans Tageslicht.

»Los, Leute! Mir nach!«, ruft Ringel. Vanillo kann Ringel kaum sehen. Das Streifenhörnchen Ringel hat nämlich echte Tarnstreifen. Sie können die Farbe der Umgebung annehmen. Gerade ist Ringel backsteinrot mit zementgrauen Streifen, denn sie klettert pfeilschnell an der Rathausmauer hoch. Weiter geht es auf den Balkon vorm Großen Saal, in dem Gemälde der Bürgermeisterinnen und Bürgermeister hängen. Das größte Gemälde zeigt Smaragda Krone, die neue Bürgermeisterin.

»Hier ist es«, flüstert Ringel. »Das Büro der Bürgermeisterin.«

Durch das Fenster sehen die Hörnchen den Sekretär der Bürgermeisterin, einen fleißigen Maulwurf. Der wühlt sich gerade durch die neuesten Akten und heftet sie in einen Ordner. Da schwingt Flughörnchen Hui seine Flughaut und aktiviert seine Superkraft.

»HUCH!«, quiekt der Maulwurf und fasst sich erschrocken an die Nase. »Wo ist denn meine Brille?«

Vanillo prustet und hält sich schnell die Pfote vor den Mund. Die Maulwurfsbrille fliegt wie eine goldene Libelle durch das Zimmer. Suchend krabbelt der Maulwurf unter den Schreibtisch.

Hui lässt den Aktenordner leise vom Schreibtisch durchs geöffnete Fenster fliegen.

»Da ist sie«, wispert Ringel, als sie die Sondergenehmigung entdeckt. »Eigenpfötig unterzeichnet von der Bürgermeisterin.«

Geo beugt sich über das Dokument und kneift beide Augen kurz zu. Beinahe sieht es so aus, als würde er mit seinen Knopfäuglein ein Foto knipsen. Und das hat er sozusagen auch getan. Geo hat nämlich ein fotografisches Gedächtnis. Das ist äußerst praktisch, weil er alle Erdkarten gespeichert hat. »Alles im Kasten«, flüstert Geo und tippt sich an den Kopf. Schon lässt Hui den Aktenordner wieder zurück auf den Schreibtisch fliegen, und die Superhörnchen huschen davon.

Auf dem Rathausdach hüpft Geo auf einen Wasserspeier, der wie ein finsterer Drache aussieht. Stirnrunzelnd überfliegt er die Genehmigung vor seinem geistigen Auge.

»Also ... die Bürgermeisterin hat tatsächlich

eine Notfällung angeordnet. Es war Gefahr im Verzug. Angeblich hätte die Kastanie jeden Moment auf Bürger fallen können. Über Nacht wurde der Stamm nämlich schwer beschädigt.«

»Beschädigt? Wodurch?«, fragt Vanillo und schluckt.

»Durch Biberverbiss. Stellt euch vor, die alte Kastanie wurde von bissigen Bibern angenagt!«

»Das waren Biber?«, fragt Vanillo verwundert. »Aber so etwas ist doch in unserem Park noch nie passiert!«

Vor Wut steigt Feura eine Stichflamme aus dem Fell.

»Was fällt denen ein, alte Naturdenkmäler anzunagen?«

»Keine Ahnung!«, knurrt Grino. »Aber irgendwas stinkt hier gewaltig zum Himmel!«

»Am besten sehen wir uns den Tatort noch mal an«, schlägt Ringel vor. »Wo genagt wird, da bleiben Spuren!«

»Ja«, keckert Vanillo. »Los! Wir flitzen in den Park.«

Da zeigt Hui auf die flatternde Rathausfahne von Animopolis. »Wir flitzen nicht. Wir fliegen!«

Die Hörnchen klettern am Fahnenmast hoch und lösen die Knoten. »Gut festhalten, Leute!«, ruft Hui. Schon sausen die Superhörnchen auf der Rathausfahne wie auf einem fliegenden Zauberteppich Richtung Stadtpark.

»**WOW!** Da ist die Grüne Dame!«, ruft Vanillo. Er staunt, wie majestätisch und wunderschön der uralte Baum aus der Luft aussieht.

»Alle aussteigen bitte!«, sagt Hui, als er direkt vor Vanillos Kobel hält. Schnell stopft Vanillo die Fahne in seinen Kobel. Dann flitzen die Superhörnchen zu der Stelle, an der nur noch der traurige Baumstumpf an die alte Kastanie erinnert. Ringel zählt die Jahresringe.

»297, 298, 299. Die Kastanie war fast dreihundert Jahre alt!« Suchend läuft sie um den Baumstumpf herum. »Mist! Ich finde keine Nagespuren! Nur Sägespuren!«

»Am Baumstamm müssten bestimmt noch Nagespuren sein!«, sagt Vanillo. »Aber den haben sie schon abtransportiert.«

»Die Biester schlagen bestimmt bald wieder zu«, brummt Grino. »Ich kann die Gefahr förmlich riechen.«

»Aber woher sollen wir wissen, welchen Baum sie als Nächstes annagen?«, fragt Hui.

»Keine Ahnung!«, sagt Grino. »Am besten, wir verteilen uns und legen uns heute Nacht auf die Lauer.«

»Gute Idee!«, keckert Ringel. »Ich gehe auf Streife!« Was so viel heißt, dass Ringel in Tarnstreifen unterwegs ist. »Wir müssen die Biber auf frischer Tat ertappen!«

»Die können sich warm anziehen!«, zischt Vanillo. »Noch einen Baum bringen diese bissigen Biester hier nicht zu Fall!«

Vanillos Herz klopft. Er linst aus seinem Versteck, dem Mülleimer vor der Eisdiele, der die Form eines riesigen Eishörnchens hat. Von dort hat er im Licht der Parklaternen einen guten Blick auf die Grüne Dame, den alten Ahornbaum und die Linde.

Plötzlich platscht ein dicker Regentropfen auf Vanillos Nase. KAZUNG! Ein Blitz zuckt vom Himmel. Vanillo hält den Atem an. Hat er da nicht gerade ein paar Nager gesehen? KAZUNG! Wieder blitzt es. Und tatsächlich: Im grellen Blitzlicht erkennt Vanillo fünf Biber.

»**HIIILFE!**«, keckert er auf der Frequenz, die nur die Superhörnchen hören können. »Biber-Alaaarm!«

Es dauert keine zehn Sekunden, und die Superhörnchen eilen aus allen Richtungen herbei. »Mir nach, Leute! Ich habe die Biberbande gesehen. Schnell!«

Die Hörnchen folgen Vanillo. Da schießt ein Hund mit sehr langem Körper und sehr kurzen Beinen wie ein bellender Schnellzug aus dem Gebüsch. ***TSCHUMM!*** Der lange Hund versperrt den Superhörnchen den Weg und fletscht seine

erstaunlich scharfen Zähne. »**GRRR!**«, knurrt er sie grollend und gruselig an.

»**RRRAAA!**«, brüllt Feura wie ein Feuerdrache dreimal so laut zurück. Dabei steigt eine riesige pechschwarze Rauchwolke aus ihrem Mund. Vanillo kann die eigene Pfote nicht mehr vor Augen sehen.

»'tschuldigung, Leute!«, hüstelt Feura und wedelt mit den Pfoten. »War keine Absicht!«

Wenn Feura richtig wütend ist, hat sie ihre Superkräfte manchmal nicht so gut unter Kontrolle. Der Rauch verzieht sich. Doch wo ist der Hund? Und wo um Himmels willen sind die Biber?

»Sie können nicht weit sein!«, sagt Vanillo.

Feura lässt Leuchtfeuer regnen. Doch von den

Bibern fehlt jede Spur. Grino Grauhörnchen hält seine Supernase in alle Himmelsrichtungen.

»Seltsam, äußerst seltsam. Ich rieche Hörnchen, Schaf, Reptil und den Geruch von anderen Tieren. Aber Biber rieche ich nicht …«

»Aber sie waren hier! Ich schwöre!«, beteuert Vanillo.

»Bist du dir sicher, dass es wirklich Biber waren?«, fragt Hui. »Ich meine, es war dunkel und nachts sind ja alle Katzen grau.«

»Vielleicht liegt es ja auch am Regen«, sagt Ringel. »Bei Regen halten sich Duftspuren nicht so gut.«

Enttäuscht springt Vanillo auf die Parkmauer. Das Wasser tropft ihm aus dem nassen Fell. In der Ferne heult ein Motor auf. Reifen quietschen. Vanillo bekommt ein komisches Irgendetwas-ist-hier-tierisch-faul-Gefühl.

Doch heute Nacht können die Superhörnchen nichts mehr ausrichten …

Auf zur Biberburg

Am nächsten Morgen wird Vanillo von einem fürchterlichen Krach geweckt. »Himmel, was ist denn jetzt los?«, meckert er und lugt verschlafen nach draußen. Da sieht er etwas großes Grünes, das sich im Gras bewegt. »Cool! Zwei riesige Krokodile!«

Wie Bodyguards laufen sie rechts und links neben einer schicken Katze her. »Das ist ja die Bürgermeisterin!«, sagt Vanillo und duckt sich. Ein Kakadu flattert mit einem Mikrofon über

seinen Kobel. »Wahnsinn! Kiki Kakadu von Tier-TV!«

Vor dem Baumstumpf der Kastanie sieht er schon viele Presseleute stehen.

»Noch drei Minuten, dann sind wir auf Sendung«, brüllt ein Gorilla und richtet seine Kamera auf die Bürgermeisterin.

»Smaragda Krone! Eine tolle Katze!«, hört Vanillo Muhna unter dem Baum muhen. Und dann erzählt sie einer Giraffe: »Wissen Sie, wir haben die Bürgermeisterin schon als Babykatze gekannt. Sie ist im Park einem Eichhörnchen nachgesprungen. Auf die Grüne Dame. Bis nach ganz oben ist sie geklettert. Und dann hat sie sich nicht mehr hinuntergetraut.«

Kuhnigunde redet weiter: »Was hat das arme Ding ängstlich miaut. Hat sich keinen Zentimeter mehr bewegt. Wir haben versucht, sie mit Sahneeis zu locken, aber keine Chance. Da mussten wir die Feuerwehr rufen. Aber heute ist aus ihr eine echte Karriere-Katze geworden! Sie ist Bürgermeisterin, und ihr gehört der Haustierpalast.«

»Wir sind gleich auf Sendung, Frau Krone!«, kräht Kiki Kakadu und hält der Katze das Mikrofon unter die Schnurrhaare.

»Bürgerinnen und Bürger von Animopolis«, spricht die Bürgermeisterin in die Kameras. »Schreckliches ist passiert. Bissige Biber sind unterwegs. Ich werde alles in meiner Macht Stehende tun, dass diese Verbrecher bestraft werden. Und ich verspreche Ihnen, ich werde jeden Baum, der Schaden nimmt, ersetzen. Und falls noch mehr Wildtiere ihr Zuhause verlieren – keine Sorge. Niemand wird auf der Straße stehen. Es gibt da einen wunderschönen wilden Wald ...«

»Aber der ist doch weit außerhalb der Stadt«, kräht Kiki Kakadu verwundert.

»Ach, das ist doch wirklich nur ein

Katzensprung«, beschwichtigt Smaragda. »Und ich habe noch eine Überraschung, die die Stadttiere hoffentlich etwas tröstet: Morgen wird das Stadtfest mit einem großen Feuerwerk eröffnet. Zur Feier des Tages hat der Haustierpalast Tag und Nacht geöffnet. Und es gibt tierische Rabatte auf den ganzen Haustierbedarf. Ist das nicht toll?«

»Da müssen wir hin, Muhna!«, hört Vanillo Kuhnigunde begeistert muhen. »Vielleicht gibt es ja ein paar schicke Kuhglocken im Angebot!«

»Red?«, hört Vanillo Knacki fragen, der ein paar Meter entfernt an einem Ast turnt. »Kriegen wir auch ein Hamsterrad? Mit Turbogang, damit es sich ganz schnell dreht?«

»Wart's ab!«, sagt Red. »Es gibt noch viel mehr!«

Vanillo hat genug gehört. Sie müssen den bissigen Bibern das Handwerk legen, bevor der nächste Stadtbaum zu Schaden kommt. Und am besten sehen sie sich mal in der Umgebung nach Biberburgen um.

Auf einer Gondel aus Eis gleiten die Hörnchen durch die Kanalisation. Vanillo steht hinten am Heck und steuert das kleine Boot geschickt voran. Am Bug weitet Grino Grauhörnchen seine Nasenlöcher und lotst die Hörnchen immer der Supernase nach durch die Kanäle. Eine Gruppe Wasserratten macht große Augen, als sie die sechs Hörnchen vorbeigondeln sieht.

Die Fahrt wird immer unruhiger.

»Achtung! Festhalten!«, ruft Vanillo.

»Aye, aye, Kapitän!«, sagt Ringel.

»Uiuiui!«, ruft Hui und krallt sich an der schaukelnden Gondel fest. Plötzlich sehen sie ein Abwasserloch vor sich und werden – **WUSCH!** – mit einem Wasserschwall hinaus in den Fluss gespült.

Die Hörnchen schippern eine Weile flussabwärts, da weiten sich plötzlich Grinos Nasenflügel noch mehr. »Biberduft liegt in der Luft!«, keckert er aufgeregt.

»Da!«, ruft Ringel.

Hinter einer Flussbiegung ist eine Biberburg in Sichtweite.

»Komisch … Ich sehe gar keine Tür«, flüstert Geo.

»Der Eingang einer Biberburg liegt immer unter Wasser«, erklärt Ringel.

Geo schluckt. Er sieht überhaupt nicht so aus, als ob er Lust auf einen Tauchgang hätte.

»Kein Problem! Wozu hat man schließlich einen Nasenbohrer«, sagt Grino und verwandelt sich in ein Nashörnchen.

Vorsichtig bohrt er mit seinem Nashorn ein Loch in das Dach der Biberburg.

»Schnar-schnü! Schnar-schnü!«, hören die Hörnchen jemanden aus der finsteren Burg schnarchen und hüpfen hinein. Feura lässt ihre feurigen Augen wie Taschenlampen leuchten. Vanillo ist froh, dass er nicht allein ist, denn er findet es ganz schön gruselig. Dann stehen sie plötzlich vor einem stattlichen Altbiber, dessen Mund sich bei jedem Schnarchgeräusch öffnet und schließt.

»Vielleicht hat der ja noch etwas Kastanie zwischen den Zähnen«, flüstert Geo.

Feura leuchtet dem Biber ins Maul, und Geo sieht sich die riesigen Nagezähne ganz genau an.

»He, seht mal hier!«, raunt Vanillo, der etwas Merkwürdiges entdeckt hat. Seltsame, krakelige Wandzeichnungen von eins, zwei, drei, vier, fünf Hörnchen. »Die sehen ja aus wie ihr!«

»Was machen wir denn bei denen an der Wand? Findet ihr das nicht auch unheimlich?«, flüstert Ringel. Da hören sie hinter sich aufgeregte Stimmen. Vor Schreck rutscht Vanillo das Herz in die Hose. Er wölbt seine Pfoten und macht sich kampfbereit. Doch als er sich umdreht, stehen da zwei putzige Biberkinder. »Wahnsinn! Die Superhörnchen in unserer Burg!«, ruft das Bibermädchen begeistert.

»Ihr seid sooo suuuper! Kriegen wir bitte ein Pfotogramm?«, bettelt der Biberjunge.

»Feura, du bist mein Lieblings-Superhörnchen«, sagt das Bibermädchen und sieht dann Vanillo an.

»**WOW!** Ein weißes Hörnchen! Bist du neu im Team?«

Vanillo nickt. »Ich bin Vanillo!«

»Wie cool!«, sagt der Biberjunge. »Und was ist deine Superkraft? Kannst du dich in einen Riesen-Eisbären verwandeln? Oder in ein süßes weißes Einhörnchen! Oder in einen Yeti?«

Vanillo will gerade antworten, als jemand »Einbrecher!« brüllt. Schon sind die Superhörnchen von sieben Bibern umzingelt.

»Was ist hier los?«, fragt der Biberboss und zeigt seine gewaltigen gelben Nagezähne. »Was fällt euch ein, in meine Burg einzubrechen?«

»Aber Papa, das sind doch keine Einbrecher. Das sind die Superhörnchen!«, versichert das Bibermädchen.

»Die Superhörnchen?«, fragt der Altbiber und kratzt sich am Kopf.

»Ihr wolltet uns ja nicht glauben, aber es gibt sie wirklich!«, sagt der Biberjunge stolz. »Und jetzt sind sie sogar schon zu sechst. Vanillo ist neu dabei.«

»Hallo«, sagt Vanillo kleinlaut und winkt zur Begrüßung mit einer Pfote.

»Und was zum heiligen Staudamm habt ihr hier zu tagschlafender Zeit in meiner Burg zu suchen?«, brummt der Altbiber.

»Wir sind auf der Suche nach einer Biberbande«, erklärt Ringel.

»Ich sage nur Stadtpark, alte Kastanie, klingelt da vielleicht was?«, fragt Feura und sieht den Altbiber mit flammenden Augen prüfend an.

»Meinst du die alte Kastanie, die im Stadtpark angenagt wurde?«, fragt der Biberboss.

»Genau die«, antwortet Ringel.

Die Superhörnchen werfen sich vielsagende Blicke zu.

»Den Bericht habe ich im Tier-TV gesehen. Wer macht denn bitte schön so etwas?«, fragt der Biber empört.

»Hungrige, bissige Biber zum Beispiel?«, sagt Ringel.

»Ach papperlapappel«, sagt der Altbiber. »Das kann ich mir nicht vorstellen. Wir Biber bevorzugen köstliche junge Triebe und saftige Pappeln! Alte Bäume schmecken viel zu morsch und knorrig.«

»Glaubt ihr, dass er die Wahrheit sagt?«, flüstert Hui den anderen hinter vorgehaltener Pfote zu.

»Das werden wir gleich sehen«, sagt Ringel. Schon hopst sie in die Mitte, setzt ihren Ringel-Blick auf und sieht den Bibern direkt in die Augen.

»Ringel kann jeden hypnotisieren!«, flüstert Feura Vanillo ins Ohr.

Die Biber können gar nicht anders, als Ringel anzuschauen. Zuerst breiten sich in ihren Augen und dann auf ihrem Fell leuchtende Ringelstreifen wie bunte Zauberwellen aus.

Ringel bewegt sich wie ein Pendel hin und her und her und hin. Schon kullern die Biber mit den Augen und wippen auf ihren Biberkellen vor und zurück, vor und zurück. Die Hypnose wirkt. Da sagt Ringel mit beschwörender Stimme:

»Lügen haben kurze Beine,
Lügen müssen an die Leine!
Die Wahrheit wird jetzt
laut gesagt:
Habt ihr die Kastanie
angenagt?«

Da schütteln die Biber wie in Zeitlupe ihre Köpfe und sagen sehr laut und sehr langsam: »Nnn-eeeiii-nnn!«

»Mist, wir sind auf der falschen Fährte«, ruft Feura.

Und Ringel spricht

beschwörend zu den Bibern: »Ich zähle jetzt bis drei und schnipse mit dem Finger. Dann wacht ihr wieder auf und seid entspannt und glücklich wie nach einem tiefen Schlaf.« Und schnell fügt sie noch hinzu: »Und ihr seid uns überhaupt kein bisschen böse und freut euch tierisch, uns zu sehen! Eins, zwei, drei!« Ringel schnipst mit dem Finger.

Taumelnd reiben sich die Biber die Augen.

»Wo … wo bin ich?«, fragt der Altbiber.

»Entschuldigung«, sagt Ringel. »Aber das musste sein. Zur Sicherheit!«

»Aber nicht doch, gern geschehen!«, sagt der Altbiber freundlich. »Es war uns ein Vergnügen!«

»Wir müssen jetzt los. Wir haben eine Mission«, sagen die Superhörnchen schnell.

»Müsst ihr das Universum retten?«, fragt der Biberjunge.

»Nicht ganz«, schmunzelt Grino. »Aber sag niemals nie …«

Ratlos stehen die Superhörnchen in der Nachmittagshitze am Flussufer.

»Mist«, schimpft Feura. »Wir haben immer noch keine heiße Spur!«

»Am besten, wir teilen uns auf!«, schlägt Ringel vor, und die Superhörnchen nicken.

Hui stapft auf einen Pilz zu und zieht an seinem rot-weißen Hut.

»Vorsicht! Pfoten weg!«, ruft Vanillo. »Der ist supergiftig! Das ist ein Fliegenpilz!«

»Keine Sorge«, sagt Hui. »Den will ich nicht essen. Den brauche ich zum Fliegen. Am besten, ich düse weiter flussabwärts und halte nach anderen Biberburgen Ausschau. Irgendwo muss diese komische Biberbande doch sein.«

»Und ich buddele mich mal zu allen Holzlagern durch und schaue, ob ich den Stamm der Kastanie finde«, sagt Geo. »Ich muss mir unbedingt die Bissspuren genauer ansehen.«

»Ich checke die Hundesalons und Hundewiesen«, sagt Ringel. »Der große Kläffer kam mir verdammt komisch vor.«

»Mir auch!«, ruft Vanillo.

»Alles klar«, sagt Feura. »Dann checke ich die anderen Parks ab! Die Biber können überall zuschlagen.«

»Da hast du recht«, stimmt Grino zu. »Ich halte weiter meine Nase in die Luft und rieche mich mal um!«

»Und was mache ich?«, fragt Vanillo.

»Du hältst am besten Wache im Stadtpark. Wir sollten die alten Bäume nicht aus den Augen lassen«, sagt Ringel.

Die Superhörnchen kommen im Kreis zusammen und legen ihre Pfoten übereinander.

»Superfreunde! Superkräfte! Superhörnchen!«, keckern sie und verschwinden in alle Himmelsrichtungen.

Schafduft liegt in der Luft

Vanillo hält die ganze Nacht im Stadtpark Wache. Seit Sonnenaufgang ist er schon dreimal durch den gesamten Park auf jeden Baum, jeden Strauch und in jeden Busch gesprungen. Dann klettert er hoch auf den Wipfel der Grünen Dame. Von hier aus hat er eine fabelhafte Rundumsicht. Der Ast, auf dem Vanillo sitzt, schwankt im Sommerwind wie eine Blätterwiege hin und her. Vanillo gähnt. Was gäbe er jetzt für ein Nickerchen. Da hört er plötzlich eine harsche Stimme. Und immer, wenn er diese Stimme hört, stellen sich seine Nackenhaare auf, und er ist sofort hellwach.

»Die dicksten Nüsse sind für mich! Kapiert?«, zischt Red. »Sonst gibt’s was auf die Nuss!«

»Klar, Boss!«, antworten die Roten Pfoten.

Vanillo springt ein paar Äste tiefer und späht zwischen die Eichenblätter. Die Roten Pfoten flitzen aufgeregt um einen roten Futterautomaten herum, auf dessen durchsichtiger Kuppel eine kleine Krone prangt: das Markenzeichen des Haustierpalastes. Und alle tragen rote Halsbänder, an denen kleine Kronen baumeln.

»Was wollen die denn mit einem Katzoschmatzo 3000?«, flüstert Vanillo. Er hat den neuesten Futterautomaten für Katzen schon auf vielen Werbeplakaten gesehen. Nur ist dieser Automat nicht mit Katzenfutter, sondern randvoll mit Nüssen gefüllt. Vanillo spitzt die Ohren und lauscht.

»Wir sind Millionäre! Echte Nuss-Millionäre!«, kreischt Magnuss.

»Und wie kommen wir jetzt ran an die Nüsse?«, fragt Flips

und klopft mit einer Pfote gegen das Kunststoffglas. »Müssen wir einen Geheimcode eingeben?«

»Quatsch!«, sagt Knacki. »Der Automat erkennt unsere Pfotenabdrücke. Wie bei echten Geheimagenten!«

Schon legen Knacki, Magnuss, Flips und Nugat ihre Pfoten auf den Automaten und betatschen ihn von allen Seiten.

»Nehmt eure dreckigen Pfoten da weg! Ihr zerkratzt noch den Lack!«, faucht Red. »Dafür sind doch die Halsbänder da, ihr hohlen Nüsse! Da ist ein Chip dran.«

Red hält sein Halsband über den Sensor. Da macht es ***ZZZT!*** – und der Automat öffnet sein Verdeck.

Vanillo läuft das Wasser im Mund zusammen. Der köstliche Duft von gebrannten Nüssen strömt in seine Nase, und er hat wieder eine Idee für eine neue Eissorte: Nusstraum.

»Wahnsinn, Leute!«, jubelt Flips. »Nie wieder Nüsse sammeln! Nie wieder Vorräte verstecken! Nur noch futtern, futtern, futtern!«

»Aber merkt euch eins!«, warnt Red und zeigt auf sein Trikot. »Ich bin die Nummer eins! Und die frisst immer zuerst! Wenn alles glattgeht,

Leute …«, sagt Red und wirft sich drei Schokonüsse in den Mund, »… dann kriegen wir unsere Nüsse lebenslang geliefert. Und es warten noch mehr Überraschungen auf mich, äh, uns.«

»Auch die Turbo-Hamsterräder?«, fragt Knacki aufgeregt.

»Für jeden eins!«, antwortet Red. »Ihr müsst nur machen, was ich sage. Klar?«

»Klar, Boss!«, rufen die Roten Pfoten im Chor. »Du bist die Nummer eins!«

Vanillo runzelt die Stirn. Wieso haben die Roten Pfoten plötzlich einen Katzoschmatzo 3000? Und wie können sie sich ihn überhaupt leisten?

Kurz darauf versammeln sich die Superhörnchen in Vanillos geheimer Vorratskammer.

»Das ist wirklich seltsam, Leute! Ich habe mich in alle Holzlager der Stadt gebuddelt. Keine Spur von der Kastanie«, berichtet Geo, als Vanillo einen großen Eisbecher auf den Tisch stellt.

»Den komischen Hund habe ich auch nicht gefunden«, sagt Ringel und beißt enttäuscht in eine Eiswaffel.

»Mhm, Vanillo, die gebrannten Nüsse sind echt die Krönung«, schmatzt Geo. »Woher nimmst du nur deine tollen Ideen?«

Vanillo will den Hörnchen gerade von Red und dem Futterautomaten voller Nüsse erzählen, da weiten sich Grinos Nasenflügel.

»Schaf«, keckert er und lässt seinen Eislöffel fallen.

»Scharf?«, fragt Geo. »Also ich finde, das Eis schmeckt zuckersüß und kein bisschen scharf.«

»Ich meine doch nicht ›scharrrf!‹ Ich meine ›Schaaaf!‹«, sagt Grino und lugt durch das Lüftungsgitter in die Eisdiele. Und tatsächlich. Da steht ein kugelrundes Schaf vor der Eistheke.

»Sieht das aber fluffig aus!«, flüstert Ringel. »Wie eine Wolke auf Beinen!«

»Haargenau dieser Schafgeruch lag vorletzte Nacht in der Luft, als uns die Biber entwischt sind«, erklärt Grino aufgeregt.

»Bitte schön! 99 Kugeln zum Mitnehmen«, hören

sie Muhna muhen. Mit einer Box voll Eis verlässt das Schaf eilig die Eisdiele. Schnell flitzen die Superhörnchen durch ihren Geheimtunnel nach draußen und folgen dem Schaf unauffällig. Das Schaf läuft in ein beliebtes Einkaufsviertel, in dem es von Tieren nur so wimmelt. In einer Gasse trippelt es auf den Hintereingang eines Geschäfts zu, über dem in großen, gehäkelten Buchstaben geschrieben steht: **KOSTÜME FÜR ALLE.**

Die Superhörnchen huschen durch den Türspalt. Plötzlich stehen sie in einer Fabrikhalle und staunen. Nähmaschinen rattern. Stricknadeln klappern. Spinnräder surren. Schermaschinen brummen. Und überall sind Schafe. Sie stricken, sticken, spinnen, nähen, häkeln, färben Wolle oder entwerfen Strickmuster.

»Das ist ja eine ganze Schafherde«, flüstert Hui, und Grino schnuppert.

»Na toll! In dieser Strick-Fabrik riecht alles nach Schaf. Der Herdengeruch steckt in jedem Wollfaden. Da kann ich ja gleich 'ne Erdnuss in einem Glas Erdnussbutter suchen!«

Glücklich versammeln sich die 99 Schafe um das Eis. Die Superhörnchen huschen durch einen Wollvorhang ins Ladengeschäft. Dort hängen überall tierische Kostüme.

»Wie genial!«, kreischt Ringel und schlüpft in ein Stinktierkostüm. »Sieht total echt aus, oder?«

Begeistert bewundert sie sich im Spiegel. »Die haben hier ja alles! Schmetterlingskostüme, Haifischkostüme, Eisbärkostüme und sogar Tausendfüßerkostüme!«

Da tippt Vanillo jemand von hinten auf die Schulter.

»Wahnsinn! Ein weißes Eichhörnchen! Was

für ein putziges Kostüm. Wo gibt es denn das?«, möchte ein Riesenkänguru wissen. »Hoffentlich haben sie das Kostüm noch in meiner Größe. Das wäre genau das Richtige für das Stadtfest!«

»Na ja …«, murmelt Vanillo und ärgert sich, dass sein Fell für ein Kostüm gehalten wird. Da springt ihm Feura zur Seite.

»Tut mir leid, aber so was Tolles gibt es nicht von der Stange!«, sagt sie. »Vor Ihnen steht ein Original. Ein einzigartiges Einzelstück. Verstanden?«

Vanillo wird ganz rot um die Nase, als Ringel ihnen wild zuwinkt. Sie steht vor einer Fotowand mit Bildern von berühmten Tieren in Kostümen.

»Seht mal!«, sagt sie. »Sogar die Bürgermeisterin kauft hier ein.«

»Ja-a-a-a«, bekundet ein Schaf hinter ihnen voller Stolz. »Die Kostümjacken der Bürgermeisterin kommen alle von uns.«

»Sehr schick«, sagt Ringel begeistert.

»Kann ich Ihnen sonst noch irgendwie helfen?«, fragt das Schaf.

Da hat Feura eine Idee. »Verkaufen Sie eigentlich auch Biberkostüme?«

»Ich schaue gleich mal nach«, sagt die Verkäuferin. Wenig später kommt sie mit einem riesigen Biberkostüm zurück. »Leider haben wir nur noch eins in Nilpferdgröße«, berichtet sie. »In Ihrer Größe sind alle ausverkauft. Die müssen wir erst wieder nachstricken. Biberkostüme sind zurzeit sehr gefragt. Erst vor ein paar Tagen haben wir fünf Stück auf einen Schlag verkauft. An ein Krokodil.«

»Was für ein Krokodil?«, fragt Vanillo.

»Das kann ich Ihnen leider nicht sagen. Aber es hat sich auch noch ein Hundekostüm in Alligatorgröße gekauft und kam mit einem todschicken Wagen vorgefahren«, sagt die Verkäuferin.

»War der zufällig golden?«, fragt Vanillo.

»Ja-a-a-a«, bestätigt das Schaf. »Ein goldener Geländewagen. Mit einer Krone vorne drauf. Sehr extravagant.«

»Natürlich!«, sagt Vanillo zu sich und denkt an den Morgen, als die Kastanie gefällt wurde. Das zackige Ding auf der Motorhaube war eine Krone! Plötzlich sieht er vor seinem inneren Auge drei Kronen aufblitzen, deren Zacken sich wie Puzzleteile ineinanderfügen: die Krone vom Geländewagen, die Krone vom Katzoschmatzo 3000 und die riesige Leuchtkrone auf dem Dach vom Haustierpalast. »Smaragda Krone!«, haucht Vanillo, und sein Blick verfinstert sich. »Ich glaube, jetzt haben wir sie endlich – die heiße Spur. Die Bürgermeisterin hat bei der Sache die Pfoten im Spiel. Wir müssen sie aufhalten, und wir müssen diesen Wagen finden! Am besten, wir teilen uns auf!«, schlägt Vanillo leise seinen Superhörnchen-Freunden vor.

Der Katzenpark

Vanillo flitzt Richtung Haustierpalast über die Dächer und hopst an einer Kreuzung auf eine Verkehrsampel. »Na endlich!«, ruft er, als der goldene Geländewagen im dröhnenden Verkehr auftaucht. »Attacke!« Mit einem dreizehnfachen Salto springt Vanillo auf das Fahrzeug und lugt durch das Schiebedach.

»Ich glaub, mich tritt ein Nilpferd!«, flüstert er. Tatsächlich! Auf dem Rücksitz thront Smaragda Krone! Fassungslos blickt Vanillo zum Fahrersitz. Dort sitzt ein Krokodil. »Der komische Hund vom Stadtpark vorgestern Nacht!«, raunt Vanillo. Das muss er sein, denn er hat zahngenau dasselbe Gebiss.

Vanillo spürt eine Riesenwut im Bauch. Schon fahren sie in den Haustierpalast und direkt in einen goldenen Fahrstuhl. Der bringt sie in den obersten Stock – in den Penthouse-Palast.

PLING! Die Fahrstuhltür öffnet sich. Schnell springt Vanillo hinter eine Katzenskulptur, während Smaragda über den Marmorboden stolziert. Sie nimmt einen Leckerbissen aus einem Katzoschmatzo 3000 aus purem Gold. Dann schärft sie ihre Krallen an einem Kratzbaum, klettert hinauf und blickt durch eine riesige Glaswand nach draußen – direkt auf den Stadtpark. Vanillo kann sogar die Wipfel der Grünen Dame erkennen.

»Nicht mehr lange, dann ist es mit diesem scheußlichen Blick ins Grüne endlich vorbei. Bald haben wir eine herrliche Aussicht ins Graue!«, murmelt Smaragda vor sich hin. Sie drückt auf einen Knopf. Kleine Massagebürsten fahren aus dem Kratzbaum. »Rrrr«, schnurrt sie

und schließt die Augen. Da hopst Vanillo aus seinem Versteck. Auf leisen Pfoten schaut er sich im Palast um und macht im Arbeitszimmer eine unglaubliche Entdeckung. Auf einem Glastisch steht ein Modell der Stadt Animopolis. Vanillo beugt sich über die Modellstadt und bekommt einen Mordsschreck. Der Stadtpark sieht ganz verändert aus! Die Grünflächen haben sich in Steingärten verwandelt. Dort, wo jetzt noch der Parkteich liegt, steht ein moderner Springbrunnen mit Katzenskulpturen und Wasser speienden Krokodilen. Vanillo schlägt die Pfoten über dem Kopf zusammen. Genau an der Stelle, wo die Eisdiele steht, sind goldene Katzenklos. »Und wo sind denn nur die Bäume?«, flüstert er.

Und dann spürt Vanillo einen tiefen Stich. Dort, wo die Grüne Dame steht, befindet sich im Modell ein riesiger Luxus-Kratzbaum. »Niemals!«, keckert er und stößt den Kratzbaum um. Da hört er hinter sich ein Fauchen. Smaragda bleckt ihre spitzen Zähne.

»Na, was haben wir denn da für ein wildes weißes Fellknäuel?«

»Du hast uns alle belogen!«, ruft Vanillo wütend. »Deinetwegen wurde die Kastanie gefällt!«

Smaragda leckt sich unschuldig über die Pfoten. »Ich habe doch nur versprochen, dass alle gefällten Bäume ersetzt werden. Aber wer hat gesagt, dass es echte Bäume sein werden. Oder sind Kratzbäume etwa keine Bäume?«

Vanillo ballt die Pfoten.

»Und außerdem …«, faucht Smaradga. »Als Bürgermeisterin ist es meine Pflicht, alle Tiere von Animopolis vor Gefahren zu beschützen. Und glaube mir, diese grünen Riesen sind lebensgefährlich!«

»Bäume gefährlich?«, empört sich Vanillo. »Du hast ja nicht alle Zacken an der Krone! Bäume geben uns Lebensraum und Nahrung. Sie spenden Schatten und schenken uns frische Luft. Ohne Bäume sind wir verloren.«

»Und wenn du Pech hast, brechen sie dir das Genick!«, zischt Smaragda. »Wer auf Bäume klettern will, soll in den Wald ziehen. In der Stadt haben diese Gewächse nichts verloren!«

»Hast du etwa Angst vor Bäumen?«, fragt Vanillo, und er erinnert sich an die Geschichte, die Muhna und Kuhnigunde erzählt haben. Vanillo sieht Furcht in Smaragdas grünen Augen aufflackern. Beinahe hat er Mitleid mit ihr.

Doch dann verfinstert sich Smaragdas Blick.

»Angst? Ich?«, faucht sie. »Ich habe vor gar nichts Angst!« Smaragda fährt ihre Krallen aus. »Aber eins habe ich mir geschworen: Bevor auch nur eine einzige Katze in Animopolis vom Baum fällt, fälle ich lieber alle Bäume!«

Vanillo glaubt nicht, was er da hört.

»Und heute Abend, wenn das Feuerwerk am Himmel leuchtet, wird der nächste Baum ins Gras beißen. Die grässliche alte Eiche!«

»Niemals! Dein Katzenpark gehört ins Katzenklo! Und du ins Gefängnis!« Schon lässt Vanillo auf dem Modell lauter Eisbäume in die Höhe schießen. Er macht einen Rückwärtssalto und flitzt Richtung Dachterrasse. Um ein Haar bekommt er Smaragdas Krallen zu spüren, da lässt er Eisschollen unter seinen Pfoten schwimmen und hüpft über den Pool.

»Na warte!«, faucht Smaragda. »Ich mache einen weißen Pelzmantel aus dir!«

»Den kannst du haben!«, ruft Vanillo. Und schon verpasst er Smaragda einen weißen Mantel aus Schnee. Vanillo macht einen Turbosprung und fliegt Richtung Beckenrand. Da schießt plötzlich etwas vor ihm aus dem Wasser – ein geöffnetes Krokodilmaul.

»**HIIILFE!**«, keckert Vanillo, so laut er kann, auf der SOS-Superhörnchen-Frequenz. Dann ist es stockfinster um ihn herum.

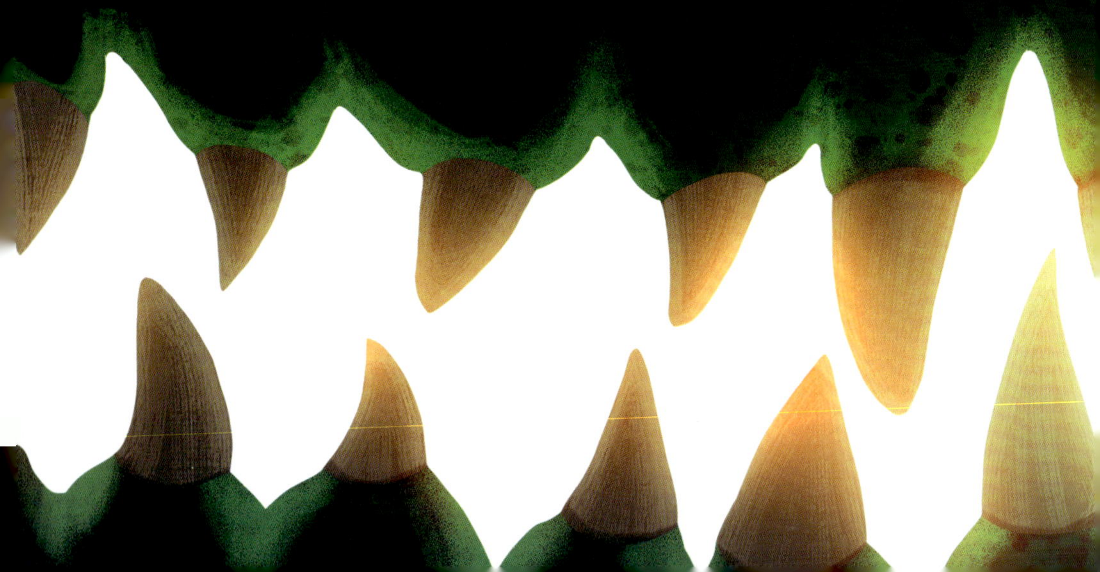

S wie Superhörnchen

Ach, du dicke Nuss! Vanillo ist im dunklen Krokodilmaul gefangen. »Bäh! Hier stinkt's noch schlimmer als in der grünen Tonne«, schimpft er und hält sich die Nase zu. »Mach sofort dein Maul auf!« Wütend hüpft Vanillo auf der riesigen Zunge herum. Doch plötzlich bekommt er schreckliche Angst. Was, wenn das Krokodil ihn verschluckt? Vanillo versucht, sich nicht zu bewegen. Von draußen dringen nur noch dumpfe Geräusche an seine Pinselohren. Hat da jemand seinen Namen gerufen?

Festhalten!

Das Krokodil bewegt sich. Vanillo purzelt im Maul wie in einem schaukelnden Schiffsbauch hin und her. Er bekommt einen Reißzahn zu fassen und hat mit einem Mal eine Idee. Vanillo wölbt seine Pfoten und lässt Eiszapfen wie überlange Zähne aus dem Krokodilmaul wachsen. Immer weiter spreizt sich der Kiefer des Krokodils auf. Zwischen zwei Eiszähnen klettert Vanillo hinaus und findet sich plötzlich in der riesigen Lagerhalle vom Haustierpalast wieder. Das verdatterte Krokodil sieht ihn zornig an. Doch es bringt kein Wort mehr heraus, weil es eine Maulsperre hat. Und bewegen kann es sich auch nicht mehr. Denn es ist dank Vanillos Eiszauber mit allen vieren am Boden festgefroren.

Schnell versteckt sich Vanillo hinter einer

Palette Katzenstreu. Dann schleicht er durch die Lagerhalle, vorbei an dem anderen Krokodil, das sich ein Hundekostüm anzieht. An einer ratternden Häckselmaschine bleibt Vanillo stehen. In der wird gerade das letzte Stück von einem Baumstamm zu Kleintierstreu gehäckselt.

»Die alte Kastanie!«, flüstert Vanillo und erkennt den vertrauten Holzgeruch. Er kann noch schnell ein Stück Rinde abbrechen und steckt es in seine Tasche. Leise schleicht er weiter durch einen Wald von lauter Kratzbäumen und glaubt nicht, wen er da sieht. Red und die Roten Pfoten!

»Boss, wann bekommen wir endlich alle unseren eigenen Kratzbaum und die Hamsterräder?«, fragt Knacki.

»Zum hundertsten Mal: Wenn wir den Job erledigt haben, ihr hohlen Nüsse«, faucht Red.

Vanillo haut sich gegen die Stirn. Er hätte es

wissen müssen. Die Roten Pfoten haben bei der Sache auch ihre schmutzigen Pfoten im Spiel. Sie stecken mit der Bürgermeisterin unter einer Decke.

»Aber ich weiß, wie ihr euch die Wartezeit versüßen könnt!«, zischt Red. »Wie wäre es mit Superdoofe-Superhörnchen-Ärgern?«

Die Roten Pfoten flitzen durch den Kratzbaum-Wald.

»Oh nein!«, keckert Vanillo. Jetzt erst sieht er seine Freunde. Die sind an einen großen Kratzbaum gefesselt wie an einen Marterpfahl.

»Das ist alles meine Schuld!«, flüstert Vanillo. Wie Schuppen fällt ihm von den Augen, was passiert sein muss. Bestimmt sind seine Freunde herbeigeeilt, als er im Krokodilmaul um Hilfe gerufen hat. Doch statt Vanillo haben die Superhörnchen Smaragda und die beiden Krokodile auf der Dachterrasse vorgefunden. Und die haben sie bestimmt in eine fiese Falle gelockt.

»Na, ihr Superhörnchen! So gefesselt seht ihr echt superlustig aus!«, lacht Knacki fies.

»Wo bleibt denn jetzt Vanillo-Popillo, euer Superfreund?«, fragt Red gehässig. »Soll ich's euch verraten? Oh weh! Der wurde wohl von einem Krokodil verschluckt. Nur satt geworden ist es leider nicht. Das Weißwürstchen war eben schon immer was für den hohlen Zahn!«

Vanillo sieht, wie seine Freunde die gefesselten Pfoten ballen. Am liebsten würde er ihnen etwas zurufen. Da kommt das Krokodil im

knallengen Hundekostüm in den Kratzbaum-Wald gedackelt und brummt: »Zacki, zacki! Zieht euch die Biberkostüme an! Bald geht die Sonne unter. Wir müssen bei der Eiche sein, bevor das Feuerwerk losgeht. Sonst wird die Chefin sauer!«

Die Roten Pfoten schlüpfen in ihre Kostüme und springen auf den Geländewagen. Vanillo haucht Blitzeis auf die Ausfahrt der Lagerhalle. Aber das wird die Schurken nicht lange aufhalten. Dann flitzt er zu seinen Freunden und befreit sie schnell.

»Sorry, Leute!«, ruft Vanillo. »Das ist alles nur meinetwegen passiert.«

»Quatsch! Das ist doch nicht deine Schuld!«, sagt Ringel. »Jetzt aber husch, husch zur Grünen Dame!«

BUMMM!

Die Superhörnchen flitzen Richtung Ausgang. Da macht Grino eine Vollbremsung. Mit der Pfote zeigt er auf das zweite Krokodil. Es schüttelt sich gerade die letzten Eisstückchen von den Füßen und versperrt ihnen wütend den Weg.

»Umkehren, Freunde!«, ruft Geo. »Wir nehmen die Abkürzung durch den alten unterirdischen Bewässerungskanal. Der mündet direkt in den Parkteich!« Geo schnappt sich einen Kratzbaum und deutet auf den Kanaldeckel gleich hinter ihnen. »Wir benutzen den Kratzbaum als Floß.«

»Gute Idee!«, ruft Grino, der schon zum Nashörnchen mutiert. Mit seinem Nashorn rammt er den Kanaldeckel und lässt den Kratzbaum zu Wasser.

Und schon springen die Superhörnchen in die Tiefe und landen im Kanal. Auf dem schwimmenden Kratzbaum treiben sie viel zu langsam dahin.

»Volle Kraft voraus!«, ruft Vanillo.

Da spannt Hui seine Flughaut wie ein Segel auf. Das Floß beschleunigt.

»Hurra! Wir sind die Superhörnchen!«, jubelt Ringel. Doch da tauchen plötzlich Raubtieraugen aus dem Wasser auf. Das Krokodil hat die Verfolgung aufgenommen und schießt aus den Fluten wie ein Tiefseemonster.

»Jetzt gibt's Hörnchen am Spieß!«, faucht es und reißt sein Maul auf.

»**HIIILFE!**«, hört Vanillo seine Freunde rufen und überlegt nicht lange. Er schließt die Augen und atmet ganz tief in den Bauch.

»Superfreunde, Superkräfte, Superhörnchen«, keckert er und formt seinen buschigen eisblauen Schweif zu einem

Superhörnchen-S. ***ZUSCH!*** Vanillo verwandelt das brausende Wasser in Eis.

Vanillo schlägt seine Augen wieder auf und sieht in Feuras strahlendes Gesicht. »Vanillo! Sieh doch!« Feura zeigt auf einen Wassertropfen. Wie ein glitzernder Diamant schwebt er bewegungslos über ihnen in der Luft. »Du hast eine neue Superkraft in dir entdeckt! Du hast die Zeit eingefroren!«

Mit großen Augen sieht Vanillo das bewegungslose Krokodil. Als hätte jemand eine magische Stopptaste gedrückt. Unglaublich!

»Die Grüne Dame!«, keckert Vanillo und schöpft wieder Hoffnung. »Vielleicht können wir sie doch noch retten!«

Da schwingt Hui seine Flughaut und bringt den Kratzbaum zum Fliegen. Die Hörnchen, die hintereinander auf dem Kratzbaum sitzen, verlassen den alten Kanal direkt am Parkteich.

»Festhalten, Freunde!«, ruft Hui und beschleunigt. Dann fliegen die sechs Hörnchen wie auf einem Hexenbesen über den eingefrorenen Stadtpark. Und Hui lässt sogar eine große Waffel mit Eis aus der Eisdiele anfliegen, damit Vanillo neue Superkraft tanken kann. Die untergehende Sonne steht wie eine leuchtende Kugel Mango-Eis reglos am Himmel. Aus der Luft sehen die Superhörnchen ein tierisch buntes Publikum.

Die unbeweglichen Gesichter der Zuschauer richten sich alle auf Smaragda Krone. Die steht auf einer großen Bühne im Konfettiregen – bereit, das Feuerwerk zu eröffnen.

»Unglaublich, was diese Superschurkin für eine falsche Show abzieht!«, empört sich Ringel. Da entdeckt Grino die Roten Pfoten.

»Da unten sind die Biester im Biberpelz! Und der falsche Hund!«, ruft Grino.

Plötzlich knallt es am Himmel.

»Das Feuerwerk! Heilige Haselnuss! Die Zeit läuft weiter!«, ruft Vanillo.

»Mist, verdammter!«, kreischt Red, als er die Superhörnchen auf der Grünen Dame landen

sieht. »Was machen die Nervensägen hier? Könnt ihr hohlen Nüsse nicht mal Fesseln richtig knoten?«, faucht er seine Kumpels an.

»Plan B, Leute!«, grollt das Krokodil aus seinem Hundekostüm und hebt etwas von der Ladefläche des Geländewagens. »Wir beißen nicht, wir sägen!«

Die Gauner lassen die scharfen Motorsägen aufheulen. Dagegen haben die Superhörnchen keine Chance. Oder doch?

Vanillo blickt auf seine Pfoten, von denen geschmolzenes Eis tropft. Da hat er eine Idee. Natürlich! Manchmal schmeckt Eis am besten, wenn es mit anderen Sorten verschmilzt.

»Stellt euch in einen Kreis! Unsere Kräfte müssen miteinander verschmelzen!«, ruft er. Schon bilden die Superhörnchen einen Kreis und formen ihre buschigen Schwänze zum Superhörnchen-S.

»Superkräfte, Superfreunde, Superhörnchen!«, keckern sie im Chor. Dann schließen sie ihre Augen und fassen sich an ihren Pfoten. Plötzlich strömen ihre Superkräfte wie zitternde Blitze aus ihren Pfoten. Die magische Energie vereint sich zu einem Kraftfeld. Wie eine riesige, glitzernde Eichelnuss legt es sich schützend um die Grüne Dame.

KAZUNG! Die Roten Pfoten prallen an dem Kraftfeld ab und landen im hohen Bogen kopfüber im Mülleimer vor der Eisdiele. Und das Krokodil purzelt mitten in die große grüne Tonne.

Fliegende Beweise

»Tiere von Animopolis«, ruft Smaragda Krone auf der Festbühne ins Mikrofon. »Als eure Bürgermeisterin ist es mir eine große Ehre, hier im scheußlich, äh, schönen grünen Stadtpark mit euch unser Stadtfest zu feiern.«

»Du bist keine Bürgermeisterin! Du bist eine Lügenmeisterin, und eine Baumhasserin bist du auch!«, ruft Vanillo, als er mit den Superhörnchen auf dem Kratzbaum über das staunende Publikum fliegt.

»Yippie! Die Superhörnchen!«, kreischen die Biberkinder, die mit ihrer Familie zum Stadtfest gekommen sind.

Vanillo springt auf die Bühne und schwingt sich auf das Mikrofon. Er ist so aufgebracht, dass er seine Schüchternheit ganz vergisst.

»Smaragda Krone will unseren Stadtpark in

einen Katzenpark verwandeln!

Ihretwegen wurde die alte Kastanie gefällt. Und noch schlimmer – sie will ALLE Bäume roden und dämliche Kratzbäume und Katzenklos in unserem Park aufstellen!« Ein Raunen geht durch das Publikum.

»Unsere Bürgermeisterin? Das darf doch wohl nicht wahr sein!«, ruft Muhna.

Da aktiviert Hui seine Flugkraft und lässt die Beweise anfliegen. Zuerst schwebt das Modell mit dem geplanten Katzenpark aus Smaragdas Palast herbei. Dann lässt Hui den Mülleimer mit den Roten Pfoten anfliegen. Und auch die beiden verdatterten Krokodile plumpsen aus entgegengesetzten Himmelsrichtungen auf die Bühne.

»Ha!«, keckert Vanillo und holt etwas aus seiner Tasche. »Fast hätte ich's vergessen! Hier ist noch ein Stück Kastanienrinde. Das habe ich in der Lagerhalle von Smaragda entdeckt!«

»Eindeutig!«, ruft Geo, als er die Rinde untersucht. »Das sind Bissspuren von einem Krokodil und einem Eichhörnchen mit Zahnlücke! Wie nur Red eine hat!«

»Pah! Lächerlich!«, faucht Smaragda. »Das kann ja jeder behaupten. Ist dieses alberne Erdhörnchen etwa ein Zahnarzt?«

Doch die anderen Tiere haben Smaragda längst durchschaut. Sie sind richtig sauer.

»Und für diese Lügnerin haben wir die schicksten Kostüme gestrickt!«, rufen die Schafe empört.

»Aber, aber …«, säuselt Smaragda. »Ihr glaubt doch diesen heimtückischen Hörnchen, diesen widerlichen Wildtieren nicht!«

Smaragda will sich schon feige von der Bühne schleichen. Da bringt Hui sie hoch über den Köpfen der Stadttiere zum Schweben. Wie ein Ballon fliegt sie in die Baumkrone der Grünen Dame und sitzt dort fest.

»HiiiLFE!«, jammert Smaragda. Starr vor Angst blickt sie in die Tiefe. Sie fühlt sich wieder hilflos wie damals als kleines Baby-Kätzchen.

Schnell flitzt Vanillo auf die Grüne Dame, und die Superhörnchen folgen ihm. »He, Smaragda!«, sagt Vanillo. »Du brauchst keine Angst zu haben. Du kannst gut klettern – wie alle Katzen. Glaub mir, es steckt eine Wildkatze in dir! Setz einfach eine Pfote vor die andere. Keine Sorge! Ich bin hinter dir.«

»Und ich laufe vor dir«, sagt Feura und lässt einen Feuerball wie eine Laterne vor Smaragdas Augen schweben.

Und tatsächlich! Langsam setzt Smaragda eine Pfote vor die andere. Mit jedem Schritt wird sie

mutiger. Und als sie schon die halbe Strecke geschafft hat, bleibt sie plötzlich stehen. Sie macht etwas, das sie schon lange nicht mehr gemacht hat: Staunend blickt sie in den Nachthimmel. Smaragda schnurrt, denn der uralte Baum duftet, wie kein Kratzbaum duften kann. Er rauscht, wie kein Kratzbaum rauschen kann. Und er lebt, wie kein Kratzbaum leben kann.

Doch unten wartet schon die Polizei. Gleich wird Smaragda verhaftet. Eine Schäferhündin legt Red und seinen Kumpels Pfotenschellen an. Da faucht Knacki Red zu: »Du bist doch die Nummer eins, Boss! Und die Nummer eins ist immer zuerst dran!«

»Halt einfach die Klappe!«, zischt Red, und die Superhörnchen kugeln sich vor Lachen.

Die Baumpflanzer

Mit ihren Superkräften sorgen die Superhörnchen dafür, dass es noch ein tierisch tolles Stadtfest wird. Ein Fest, das die Tiere von Animopolis wohl nie vergessen werden. Feura zeigt ihre Feuerkünste. Vanillo sorgt für Schnee und Eis. Geo baut tolle Erdburgen. Und Hui macht Rundflüge über den Stadtpark.

Erst als die Nacht sich über den Stadtpark senkt, gehen alle Tiere glücklich nach Hause. Und Vanillo flitzt schnell los zu seinem Geheimversteck. Wenig später kommt er mit einer Kastanie in der Pfote zu seinen verwunderten Superfreunden zurück.

»Wisst ihr, was wir jetzt machen?«, fragt Vanillo und lächelt geheimnisvoll in die Runde. »Das ist eine Kastanie von der alten Kastanie! Die hatte ich als Vorrat für meine Geheim-

zutaten gesammelt. Versteht ihr, Leute? Es kann wieder eine neue Kastanie wachsen.«

»Vanillo, du bist einfach der Coolste!«, ruft Feura und gibt Vanillo einen dicken Schmatzer auf die Wange.

Geo buddelt dort, wo beinahe drei Jahrhunderte die Kastanie stand, ein großes Loch. Mit vereinten Pfoten legen die Superhörnchen die Kastanie hinein.

»Superfreunde, Superkräfte, Superhörnchen!«, keckern sie und tun etwas, das alle Hörnchen der Welt können wie die Superhelden – einen neuen Baum pflanzen.

»Wer hat jetzt Lust auf ein Eis?«, fragt Vanillo.

»Ich!«, rufen die Superhörnchen gemeinsam. Und zur Feier des Tages teilen sich die Baumpflanzer einen supergroßen Freundschaftsbecher Eis.

Lissa Lehmenkühler,
geboren und aufgewachsen im Münsterland, studierte Szenische Künste an der Universität Hildesheim, absolvierte eine Drehbuchausbildung und war Stipendiatin an der Akademie für Kindermedien. Sie schreibt Drehbücher, Theaterstücke und Kinderbücher und lebt in Berlin.

Max Meinzold
ist freischaffender Grafikdesigner und Illustrator. Seine Schwerpunkte liegen in den Bereichen Science-Fiction, Fantasy und der Kinder- und Jugendliteratur. Für seine moderne, innovative Buchgestaltung wurde er bereits für zahlreiche Preise nominiert. Er lebt und arbeitet in München.

Andreas H. Schmachtl

Snöfrid aus dem Wiesental

Zum Selberlesen

978-3-401-71325-0

978-3-401-71522-3

978-3-401-71585-8

978-3-401-71781-4

978-3-401-71845-3

978-3-401-71976-4

Jeder Band:
128 Seiten • Gebunden • www.arena-verlag.de

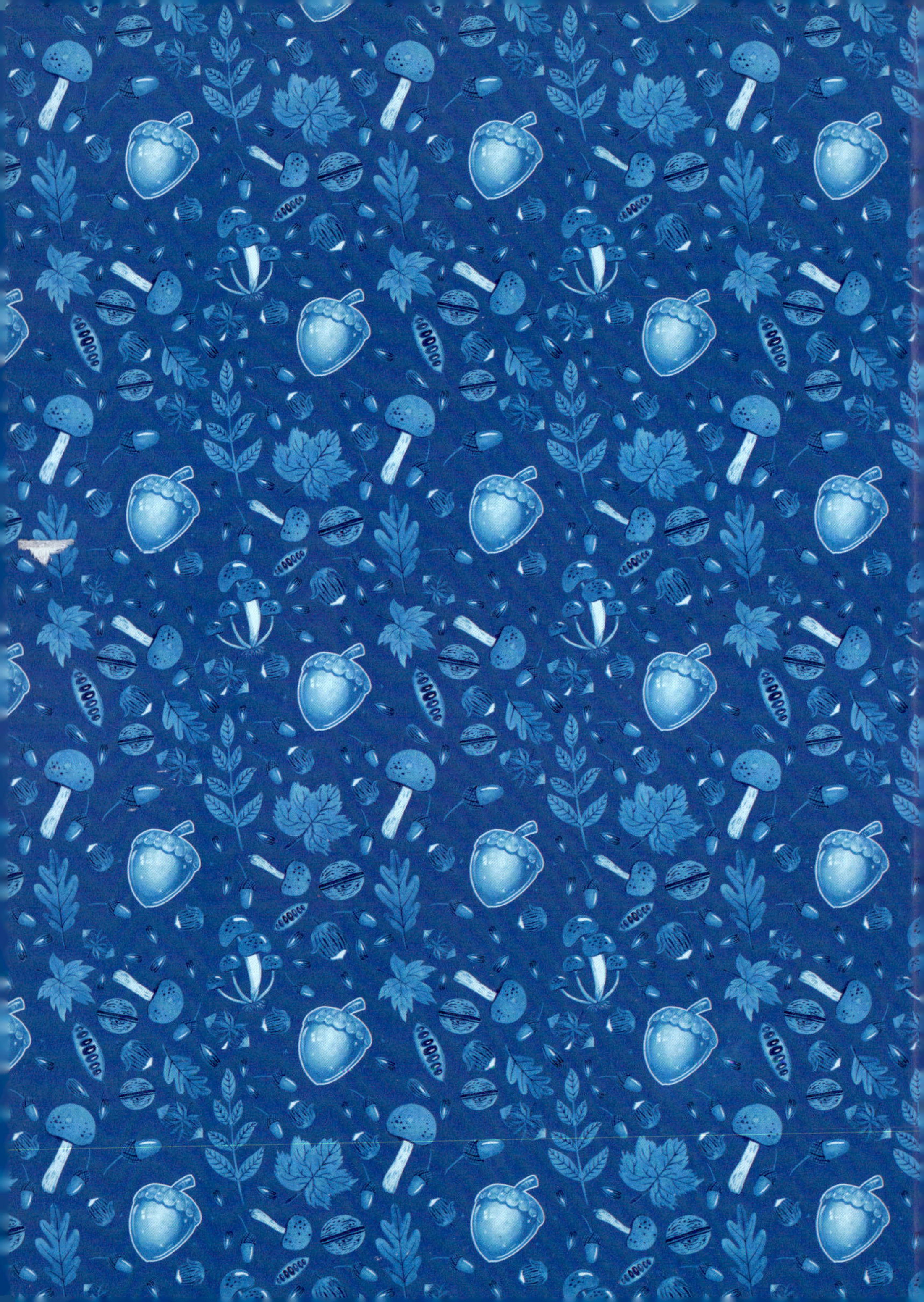